LE
POËME DES LARMES

PAR

F. FERTIAULT ET JULIE FERTIAULT

J'ai tendu mon cœur d'un crêpe éternel!!!
(*Mon Étoile d'or.*)

PARIS

C. VANIER, LIBRAIRE DE L'UNION DES POËTES

12, RUE D'ENGHIEN.

1858

LE
POÈME DES LARMES

Il y a un an environ, l'ange adoré d'une famille quitta pour le Ciel les douceurs de son abri terrestre.

Une sombre désolation envahit le toit déserté.

Le père trempa sa plume dans son cœur, et en tira quelques vers, pour la structure desquels il n'employa d'autre art que sa douleur.

D'un autre côté, les sanglots brisaient la poitrine de la pauvre mère. Tout à coup le cri de ses entrailles prit, — par quelle fantaisie! — une allure souple, une forme soignée.... La douleur maternelle fit un poète.

Et tous deux, le père, plus âpre, la mère, plus tendre, condensèrent ainsi leurs plaintes.

Les pièces groupées ici, en petit nombre, sont les principales de leur Recueil, auquel ils ont donné le nom de : **POÈME DES LARMES.**

Ce titre n'est point menteur. Ils les ont bien pleurés, ces vers..., et ils en pleureront encore!

1837.   F. F.

N. B. — Chaque pièce est suivie de la signature de son auteur, Julie F., pour Julie Fertiault; et F. Fertiault.

POURQUOI DES VERS ?

—Hélas ! pourquoi ces vers ? penses-tu, pauvre femme,
Par un rayon de gloire entrer dans l'avenir ?
Comme un poète aimé veux-tu qu'on te proclame ?...
L'auréole souvent est facile à ternir ?

—Non, non. C'est la douleur débordant de mon âme.
Larmes d'un cœur brisé, qui peut vous retenir ?
Allez, comme une vague à la puissante lame ;
Tracez le noir sillon d'un brûlant souvenir ;

Traduisez les tourments d'une mère éplorée
Qui perdit son enfant, sa chimère adorée ;
Jusqu'aux pieds du Seigneur allez porter ma voix.

O mes larmes ! coulez. Mais moi, dans ma souffrance,
Je puise les vertus que donne l'Espérance...
Et, confiante en Dieu, je marche sous ma croix.

Julie F.

AUX POÈTES.

Vous, qui tenez du Ciel l'auréole bénie
Qu'on voit briller au front des hommes de génie,
O poètes ! je n'ai qu'un modeste talent ;
A votre tribunal il s'adresse en tremblant.

Un regret maternel nourrit ma poésie ;
Du chagrin qui me ronge elle est toujours saisie ;
Je ne trouve en mon luth, écho d'un triste cœur,
Qu'un seul accord vibrant, celui de la douleur.

La mort en a brisé les cordes d'allégresse;
Il ne pourra chanter que ma morne détresse.
Offrant mes pleurs à Dieu, maître de l'avenir,
Sa voix s'exhalera vers lui comme un soupir,
Soupir qui, plein d'espoir, portera la prière
D'une âme résignée à souffrir sur la terre,
Afin de conquérir un séjour glorieux
Auprès du fils aimé qui m'attend dans les Cieux.

Julie F.

JOUR DE MORT.
CRI MATERNEL.

Ténèbres, descendez ; dérobez-moi le jour ;
Empêchez-moi de voir l'enfant de mon amour,
Germe né dans mon sein, dont l'âme m'est ravie,
Étendu, roide et froid, le corps pâle et sans vie !!...

Non, je veux, par mes soins, de la mort triompher ;
Sous mon haleine en feu je veux le réchauffer
Et ranimer son sang, en sa veine glacée !...
Mais dans un fol espoir se berce ma pensée :

Déchirante dou'eur, tes cris sont superflus ;
En vain ma voix l'appelle, il n'y répondra plus ;
En vain, de son beau front, ma lèvre frémissante
Presse le marbre blanc, sa bouche caressante
Sur ma bouche, jamais, ne viendra se poser
Pour prendre, en souriant, le consolant baiser ;
Jamais son doux regard, glissant sous sa paupière,
Ne se reflètera dans les yeux de sa mère,
De cette mère aimée, attentive à saisir
Tous ses transports naïfs éclatant à plaisir !
Non, je n'entendrai plus résonner à toute heure
Son chant qui répandait la joie en ma demeure ;
C'est en vain que ma main cherche les battements
De ce cœur tout d'amour et tout de dévoûments ;
Il reste calme, hélas ! il ne sent pas ma flamme.
Ses élans chaleureux ont suivi sa belle âme,
Qui, rompant ses liens, a repris son essor... —
Et moi, le front courbé, je les écoute encor ! ! !....

O grand Dieu ! Dieu puissant ! exauce ma prière ;
Rends la mère à l'enfant, ou l'enfant à sa mère !

Julie F.

MON ETOILE D'OR.

CRI DE DEUIL.

Adieu l'horizon gai comme un sourire
Que l'espoir dorait pour un fils aimé !
Horizon trop beau, qui t'a pu maudire?...
A peine entrevu, te voilà fermé !
Devant mes pas s'ouvre un désert immense ;
Dans la froide nuit mon esprit s'endort ;
Je sens dans mon cœur que ma mort commence....
Mon ciel a perdu son Étoile d'or !

Morne et l'œil baissé, courbant mon front blème,
Je vois la douleur combler ma maison,
Et, sans nul repos, j'attise en moi-même
Un penser qui brûle ainsi qu'un tison.
Quelle voix intime, hélas ! pourrait dire
Mon triste poème aux hymnes de mort ?
Larmes de mon cœur, vous pourriez l'écrire...
Mon ciel a perdu son Étoile d'or !

Lorsque je guettais, ô ma jeune plante !
Ton éclosion aux fruits presque mûrs,
Le ciel vint tarir ta sève trop lente...
Dieu m'a pris l'ami de mes jours futurs !
Je n'entendrai plus tes chants, ta parole,
Tes mots caressants, cher et doux trésor !...

Que devient le toît d'où l'ange s'envole ?..
Mon ciel a perdu son Étoile d'or !

O mon beau bourgeon, fleuri sur mon arbre !
L'âpre vent du nord t'a vite abattu !
Et je reste là, glacé comme un marbre,
Sans trouver en moi force ni vertu !
Au bout de mes jours commençait à luire
L'aube d'un rayon que j'aurais vu fort.
L'orage et la foudre ont su le détruire...
Mon ciel a perdu son Étoile d'or !

Comme un tendre oiseau, tu trouvais ta joie
Sous l'aimant abri du nid paternel.
La main du trépas t'arrache à ma voie,
J'ai tendu mon cœur d'un crêpe éternel !
Oh ! pourquoi venir pour partir si vite ?
Pourquoi, pour se perdre, un si bel essor ?
Noir destin, abîme, aucun ne t'évite...
Mon ciel a perdu son Étoile d'or ?

Mon cœur, cependant, doit franchir l'épreuve,
Dût-il se noyer d'un immense pleur ;
D'un suc trop amer ma lèvre s'abreuve...
Garde ton poison, terrible douleur !
Chasse, ô mon esprit ! ta sombre chimère ;
Ferme ta blessure (elle saigne encor !) :

De l'enfant parti n'ai-je pas la mère?...
J'avais dans mon ciel deux Étoiles d'or !

Et pour cet autre ange il faut que je vive ;
Je dois soutenir ses pas chancelants ;
Je dois dans son sein répandre l'eau vive
Des tendres conseils, des mots consolants.
Pauvre mère, hélas ! pleurant son beau rêve,
Et s'agenouillant sous le bras du sort !...
Oh ! viens sur mon cœur ! l'amour te relève :...
Il reste en mon ciel une Étoile d'or.

F. Ferliault.

CONSOLATION.

AU PÈRE DE MON VICTOR.

— « Je quitte cette terre... au revoir dans les Cieux ! »
Voilà ce qu'en partant dit notre ange aux doux yeux.

(.....)

I

Il est donc bien vrai ! ce tendre lis, tout notre espoir, s'est incliné sur sa tige ! Ce bel enfant qu'en-
semble nous chérissions, unique but de nos pensées,
brillante auréole de nos jours futurs, repose maintenant dans un froid linceul !.... Cœur aimant, lu-
mineuse intelligence, désormais tout cela n'est que
néant !... A ces noires idées mon corps entier fris-

sonne ; vaincue par la douleur, je me sens mourir !...
O vous, sublimes vertus! Foi, Espérance, soutiens
des affligés, venez me calmer, réchauffez-moi sous
vos rayons divins !..... — Et toi, sois-en sûr, ami,
près de Dieu, qui l'aime, nous la retrouverons,
notre Étoile d'or !

II

Je sais que son image va me suivre ! que je verrai
toujours, toujours ce beau front (trop vaste, hélas!),
ces grandes yeux calmes et purs comme un reflet
du bleu firmament, ces regards guettant dans mon
regard une lueur de satisfaction, qui faisait resplen-
dir de bonheur son aimable figure, et cette bouche
où respirait la bonté, ces lèvres cherchant le baiser
maternel ainsi que l'abeille cherche son doux nec-
tar: je sais que je verrai tout cela ; mais aussi j'entendrai toujours, toujours cette voix caressante,
quoique à demi-éteinte, murmurer encore ces mots
qui consolent : « Perdu pour la terre, mais pas
perdu pour le Ciel !.... » — Oui, sois-en sûr, ami,
près de Dieu, qui l'aime, nous la retrouverons,
notre Étoile d'or !

III

Cet enfant, vois-tu, c'était un habitant du Ciel,
un de ses anges qu'en un beau jour le Seigneur
nous avait prêté. Cher bouquet, don précieux ! il

était juste venu s'offrir à moi pour fêter ma sainte patronne. Pendant quatorze années ses chants, son gai sourire, son amour si expansif, son doux parler rempli de suaves naïvetés, tout en lui a fait de notre maison un vrai paradis. Mais, sur cette terre, il n'avait pas une longue route à parcourir ; créature céleste, il ne pouvait passer l'âge de l'adolescence, et, avant les premières atteintes des souffles de cette vie, dans sa belle patrie il s'est envolé !..... — Sois-en sûr, ami, près de Dieu, qui l'aime, nous la retrouverons, notre Étoile d'or !

IV

Et maintenant, vers le Seigneur, dans l'élan de sa reconnaissance filiale, il prie pour son père et pour sa mère. Il voit l'immensité de notre douleur, il voit couler nos larmes ; son âme veille sur nous avec tendresse. Il nous aimait tant ! sa prière ardente sera exaucée !.... Et nous, bornés à nous, mais le cœur plein de son souvenir, l'un sur l'autre appuyé, suivant un sentier de ronces jusqu'à la fin de notre triste carrière, nous bénirons, en ce monde d'épreuves, tous les beaux jours que notre chérubin nous a donnés. Puis, quand, pour nous, voyageurs isolés, quand pour nous sonnera l'heure, — sois-en sûr, ami, près de Dieu, qui l'aime, nous la retrouverons, notre Étoile d'or !

Julie F.

A LA MORT.

ÉLÉGIE.

Mort, tu m'as pris mon fils ; tu l'as pris sans retour !
Eh ! que te font, à toi, les doux liens d'amour !
Par d'incessants regrets ma vie est effeuillée ;
La terre me paraît aride, dépouillée ;
Il n'est plus de parfum, plus d'espoir pour mon cœur...
Fêtes, joie ou bonheur, tout maintenant m'afflige.
La mère sans enfant, c'est la plante sans fleur.
Mon tendre et vert bouton s'inclinant sur sa tige,
L'âme de mon blanc lis s'exhalant vers les Cieux,
Me laissent pour jamais des larmes dans les yeux.
Vers sa tombe toujours je me sens attirée ;
En ce lieu je me crois de lui moins séparée ;
Je l'appelle sans cesse et voudrais lui parler :
— Ange au regard si doux, oh ! prête-moi tes ailes
Pour qu'au Ciel, près de toi, je puisse m'envoler !...
Et toi, Mort, prends pitié de mes peines cruelles !

Julie F.

A NOTRE CHER VICTOR.

O mon fils ! nous vois-tu, désolés voyageurs,
Courbant un front vieilli qui, sous le mal, succombe,
Regretter notre joie engloutie en la tombe ?
Arrivent-ils à toi, les sanglots de nos cœurs ?

Mornes, en la cité, d'une marche pénible,
Vers toi nous cheminons, songeant au jour terrible
Où, t'arrachant à nous, on te mit au cercueil.
Nous ne pouvons y croire, et demandons encore
Si ce n'est point un rêve, espérant qu'une aurore,
Te ramenant chez nous, finira notre deuil.

 Hélas! sous ces fleurs, funèbre parterre,
 Repose ton corps froid, inanimé!
 Ah! pourquoi faut-il que sur cette terre
 Nous t'ayons perdu, doux enfant aimé? —
 Mais Dieu, qui chérit les âmes si belles,
 Avec ses élus t'a mis dans les cieux!...
 Pour t'y retrouver, ange aux chastes ailes,
 Oh! vienne la mort nous fermer les yeux!...

Alors, partant tous deux, nous laisserons sans peine
Les arides parcours de cette vie humaine
Où l'enfant et la fleur se fanent au berceau,
Où les pleurs, pleurs amers, ne sèchent qu'au tombeau.

Julie F.

CHAGRIN DE VIVRE.

I

O toi! de nos jours mûrs pâle et triste suivante,
Toi, qui dans tous les seins fais passer l'épouvante,
Parce qu'hélas! tu viens ébranler et ternir;
Devancière du monstre altier qui nous moissonne,

Je te vois avancer sans que ma chair frissonne…
    O Vieillesse ! tu peux venir !

Tu peux poser sur moi tes longues mains arides ;
De tes ongles aigus tu peux creuser mes rides ;
Tu peux caver mes yeux et sillonner mon front :
Que me font, à présent, la jeunesse et la force?
Vieil arbre au cœur rongé, que me fait mon écorce?…
    Bientôt mes cheveux blanchiront!

Je la voudrais déjà, cette décrépitude
Que n'auront faite en moi ni l'âge ni l'étude,
Mais la peine cuisante et les âpres chagrins ;
Je voudrais que mon pied chancelât sur la terre ;
Que ma main fût tremblante et ma voix un mystère ;
    Que le mal vînt courber mes reins.

Oui, je voudrais déjà que la morne agonie,
Ternissant ma raison de sa vapeur bénie,
M'approchât lentement du seuil noir du trépas ;
Je voudrais que le sang sonnât dans mon oreille
Ce glas, indicateur de la dernière veille,
    Qui vous tue… et qu'on n'entend pas.

Oh ! quel bienfait, Seigneur, de ta bonté nous tombe
Quand on se sent poussé vers le froid de la tombe !
Quand un souffle de mort vous berce et vous éteint !
Comme un fer qu'on polit rejette au loin sa rouille,

Sur un sol de douleur on laisse sa dépouille
    Pour ton doux repos qu'on atteint!...

On monte dans l'espace où le vrai jour rayonne,
Où des astres d'amour le chœur saint tourbillonne,
Où nagent dans la paix les bons qu'on a perdus ;
On pénètre l'azur aux splendides lumières ,
Où les âmes d'élite ont monté les premières ,
    Où nos chers morts nous sont rendus.

Mais je n'ai point assez mérité cette grâce :
Sur mon sentier rugueux, quoique mon pied se lasse,
Mon pied, je le sens bien, doit s'écorcher encor...
Contemple encor, mon œil , l'horizon qui te brûle !
Gagne encor, pèlerin, la mort qui se recule...
    On ne peut trop payer la mort !

II

Et pourtant, je parlais bien autrement, naguère !
Avant qu'un choc fatal vînt me livrer la guerre,
D'aucun nuage, hélas ! mon ciel n'était chargé.
J'ignorais cette main qui sourdement opprime ;
Dans mon placide élan j'eusse pris pour un crime
    Ce langage découragé.

C'est qu'au lieu d'être alors un vieux tronc sans verdure,
J'étais un arbre jeune et fier de ma ramure,
Couvrant un rejeton pour qui je fleurissais ;

C'est qu'au bout de mes jours je me voyais revivre ;
C'est que j'avais un fils, trésor qui nous enivre,
　　　　Que d'un suc fort je nourrissais.

Devant mes pas croyants la vie était immense ;
Je n'en voyais briller que l'aube, qui commence
Avec son frais sourire, avec ses gais rayons ;
Tandis que maintenant je vais, courbant la tête,
Comme le laboureur, dont la lourde tempête
　　　　A retourné tous les sillons.

Je suis comme un songeur qui marche dans son rêve,
Comme un chevreuil frappé qui s'abat sur la grève,
Comme un oiseau surpris devant l'œil du serpent.
La route sous mes pieds n'est plus sûre et vacille ;
Je cherche en mon cerveau la lueur indocile
　　　　Qui semble rire en m'échappant.

Et, tout le long des jours, sur ma faible nature
Je sens la dent qui mord et le doigt qui torture ;
Dans un dédale affreux je m'égare à moitié :
Pareil au flot grondant qui revient sur lui-même,
J'aborde la prière, effrayé du blasphème ;
　　　　Je sanglotte à faire pitié.

Je me jette à genoux devant Dieu ; je l'implore
Pour qu'il ranime un peu ma pensée incolore,
Pour qu'il fasse lever son soleil dans mon cœur...

Dieu m'entend bien, sans doute, et sait ce qu'il doit faire :
Il me laisse plongé dans ma sombre atmosphère,
    Où me terrasse un pied vainqueur.

Reste donc, pauvre père indigne d'un prodige !
Restes-y ! garde au front le feu de ton vertige !
Sur ce globe, sans but, marche en désespéré !...
Aussi bien, je savoure une amère allégresse
En appelant à moi, dans ma longue détresse,
    Le fantôme que je suivrai.

O toi ! de nos jours mûrs pâle et triste suivante,
Toi qui dans tous les seins fais passer l'épouvante,
Parce qu'hélas ! tu viens ébranler et ternir ;
Devancière du monstre altier qui nous moissonne,
Je te vois avancer sans que ma chair frissonne...
    O Vieillesse ! tu peux venir !

F. Fertiault.

ESPOIRS TROMPÉS.

I

Tout espoir, ici-bas, n'est que mensonge. Le cultivateur sème son grain dans les creux sillons de la
terre ; après un long labeur, il espère en une récolte
abondante. « Nourrice du genre humain, dit-il, ô
toi, si féconde ! accorde-moi, pour prix de mes pé-
nibles travaux, de lourds et généreux épis qui, mûris
par le soleil, soient l'avenir et le bonheur de ma

jeune famille!... »— Mais, avant que l'astre bienfaisant ait jauni la moisson, arrive un terrible ouragan ; la pluie, jours et nuits, tombe, tombe sans cesse ; le fleuve grossit ses flancs ; le flot s'élève, il écume, bondit, et, dans sa fureur, brise les digues protectrices. Puis, l'implacable nappe d'eau, s'agrandissant toujours, fait disparaître sous son niveau l'espoir du cultivateur !

II

Tout espoir, ici-bas, n'est que mensonge. La jeune fille, souriant à l'avenir, devient épouse. Une créature tressaille en son sein. Elle espère désormais en son fils adoré. « Père du genre humain, dit-elle, ô toi, si bon! fais que ce faible rejeton, en se fortifiant, reste aussi pur et aussi beau que tes séraphins, dont il est l'image ; aide-moi à élever ses sentiments, afin que, reconnaissant, il te glorifie en lui-même, et qu'il soit l'orgueil et le bonheur de ma vieillesse!... »—Mais, avant que le jeune homme ait remplacé le candide enfant, une fièvre ardente et soudaine l'accable ; l'inflamation, de ses griffes de feu, s'empare de ce jeune cerveau ; le sang monte, monte sans cesse ; en vain les secours de l'art sont prodigués ; en vain la pauvre mère désolée, veille et se torture... le mal grandit toujours, et la mort emporte dans son linceul l'espoir de l'épouse !

III

Tout espoir, ici-bas, n'est que mensonge. Mon cœur ulcéré y chercherait inutilement une guérison à ses maux ; aussi, résigné quoique souffrant, il espère en un monde meilleur. « Dieu ! créateur de l'univers, toi l'appui du genre humain, m'écrié-je, ô toi, si compâtissant ! je t'implore. Donne-moi la force de supporter les dures épreuves qui me déchirent, et que, confiante en ta bonté, je puisse encore, pendant ma vie, faire la joie et le bonheur de ceux qui m'entourent !... — Mais, peu avant que le compagnon de mes jours retourne à toi, permets que mon âme, quittant sa dépouille mortelle, vole, vole sans cesse jusque dans le Ciel, dans le Ciel, cet oasis des justes, où plus tard elle sera pour l'éternité réunie aux chers objets de son amour. Ainsi, Seigneur, en ta gloire, se réalisera l'espoir de mon cœur ! »

Julie F.

L'ESPOIR RENDU.

I

Quand je t'ai vue, ô Mort ! prendre tes crêpes sombres,
En voiler son beau front, le couvrir de tes ombres,
Envelopper son corps d'un linceul étouffant,
Dans tes bras décharnés emporter mon enfant,
Sachant que, contre toi, l'art briserait ses armes,

La douleur a tari la source de mes larmes;
Le poignant désespoir de moi s'est emparé,
Et, ravageant mon cœur par lambeaux déchiré,
En a cruellement moissonné l'espérance.
Tout mon sang s'est glacé devant mon impuissance;
De mon bel avenir s'éteignait le flambeau ;
J'appréhendais de voir l'aube d'un jour nouveau ;
Je voulais qu'à mes yeux s'éclipsât la lumière....
Je voulais m'endormir près de lui sous la pierre.

II

D'un regard de pitié contemplant ma douleur,
Un messager céleste, ange consolateur,
Est descendu vers moi:— « Pauvre femme accablée,
» O mère! m'a-t-il dit, sois donc moins désolée... »
Et son divin regard se dirigeant au Ciel :
— « Vois cette âme chérie auprès de l'Éternel.
» En des flots de bonheur où plonge sa pensée,
» D'une joie ineffable elle est déjà bercée;
» Elle demande à Dieu qu'il épande sur vous
» Ses bénédictions, ses rayons les plus doux.
» Tu crains pour trop longtemps d'en être séparée,
» Et cependant la vie est de courte durée.
» Avance avec courage en tes jours ténébreux ,
» Et pour que, réunis, vous soyez tous heureux ,
» Tu dois sur cette terre, avec calme et constance,
» De ton ami chagrin adoucir l'existence ;

» Dans les sentiers pierreux l'aider, le soutenir ;
» Gagner, par tes vertus, un meilleur avenir. »

Puis il a pris son vol vers la voûte azurée,
Me laissant triste encor, mais enfin rassurée.

— O bel ange! merci ! tu m'as rendu l'espoir.
Soumise, j'attendrai ; je connais mon devoir.

Julie F.

DEUX PLANTES.

Plante choyée, ô ma plante chérie !
Qui, par mes soins, as grandi chaque jour,
Comprends-tu bien ma triste rêverie ?...
Moi, je te voue un éternel amour.—

C'est qu'avant toi j'avais une autre plante ;
C'était un lis à la suave odeur ;
A son bouton la sève arrivait lente...
Je n'ai pu voir s'épanouir sa fleur !
Et mon cœur saigne, il saignera sans cesse ;
Car il n'est point de remède à la mort !...
Me faudra-t-il, veuve de sa tendresse,
Sans mon enfant, vieillir longtemps encor ?

Plante choyée, ô ma plante chérie !
Qui, par mes soins, as grandi chaque jour,
Si tu comprends ma triste rêverie,
Moi, je te voue un éternel amour. —

D'amers tourments, quand mon âme est trop pleine,
Je viens, ô fleur ! l'épancher en ton sein.
Un jour, voyant tes sucs monter à peine :
« Mon Dieu ! me dis-je, encore un espoir vain !
» Faut-il, hélas ! que sa tige trop frêle
» En se séchant avive mes douleurs?... »
Mais, ce matin, ta corolle si belle
Comme un calice a recueilli mes pleurs !

Plante choyée, ô ma plante chérie !
Qui, par mes soins, as grandi chaque jour,
Oui, tu comprends ma triste rêverie,
Et je te voue un éternel amour.

Julie F.

PRINTEMPS MENTEUR.

N'y croyez plus, au moins : son sourire est un crime !
A sa brise de feu le cœur va s'étouffant !
Sa main, sous ses gazons, creuse, creuse un abîme
Qui dévore sa proie et dont rien ne défend !

— Oh ! non, non, tu n'es plus le souffle qui ranime,
Le rayon qui mûrit le germe triomphant :
Sous tes ailes de fleurs tu couves ta victime...
Saison des bourgeons verts, tu m'as pris mon enfant!!!

Tresse pour tes amis couronnes et guirlandes ;
Sous ton beau ciel d'azur aux horizons pourprés
Fais monter les parfums et la fraîcheur des prés....

Moi, meurtri de ton coup, je marche dans mes landes;
Je laisse, hélas! mes yeux se rougir d'un long pleur,
Et mon âme descendre au fond de sa douleur !

F. Fertiault.

SI J'ÉTAIS UN OISEAU.

Hirondelle, qui passes près de moi, que tu es heureuse ! que j'envie ton sort !

Oh! si j'étais un oiseau comme toi, je m'éleverais bien haut, bien haut; je planerais au-dessus des mers; j'irais jusqu'aux cîmes des monts , par de-là le tonnerre; je ne craindrais ni l'aigle carnassier, ni le vautour avide, ni les frimas qui vous glacent le sang, ni même les ardeurs intenses du soleil. Dans l'univers entier je voudrais chercher l'âme de mon enfant, et mon cœur lui dirait :

« Si tu es là, si tu me devines, réchauffe-moi d'un rayon de ton amour; fais qu'émanée de toi, une brise légère vienne caresser mes plumes. »

Je demanderais aux nuages qui fuient, au vent qui mugit, aux lumineuses étoiles, aux émanations des fleurs :

« L'avez-vous vu, l'avez-vous rencontré , mon ange bien-aimé?... »

Et si rien ne me répondait, je redescendrais sur la pierre qui couvre ses restes mortels. Là , je bâtirais mon nid, et, tous les jours, pour égayer sa demeure funéraire, je chanterais les louanges du Créateur.

Ainsi se passerait ma vie... Mais, ô folie en laquelle ma douleur m'égare !... Pauvre oiseau, tu n'as point d'âme, hélas ! Si j'étais comme toi, que je serais à plaindre !... Après ma mort, je ne pourrais être réunie à mon fils chéri !...

Oh ! vole, vole, gentille hirondelle ; je suis encore plus heureuse que toi !

Julie F.

ENCHAINE TA DOULEUR !

Pour lui, lui, maintenant tout mon bien sur la terre,
—Puisque Dieu m'a repris mon doux trésor de mère, —
O mes yeux ! séchez-vous ; et toi, mon pauvre cœur,
Miné par le chagrin, enchaîne ta douleur !
Que mon œil attristé, que la souffrance voile,
Moins abattu, se montre à lui comme une étoile !
Je veux que, reposant son regard sur le mien,
En y lisant l'espoir, il y trouve un soutien.
Toi, mon ange envolé d'un séjour éphémère,
Oh ! viens à mon secours pour consoler ton père ;
Toi, qui fus notre joie, enfant, fruit de mon sein,
Oh ! donne-moi la force et le courage saint
Pour que, mieux résignée en cette pâle vie,
Mon âme dévouée à la sienne se lie ;

Que, refoulant mes pleurs, je puisse le calmer...
Il faut savoir souffrir pour savoir bien aimer !
Je veux que mon amour soit la source féconde
Où son cœur, rafraîchi des peines de ce monde,
S'abrite chaque jour, et qu'ami généreux
Il rende grâce au Ciel... et soit moins malheureux !

Julie F.

COUPLE BÉNI.

A MA SŒUR EUGÉNIE RODDE.

I

Couple charmant, en les voyant sur terre,
On aurait dit deux anges radieux ;
Mais le Seigneur les reprit à leur mère
Pour les unir à jamais dans les Cieux.

En leurs grands yeux nous parlait leur tendresse
Lorsqu'ils venaient quêter une caresse.
Vifs et joyeux, légers comme des faons,
Qu'ils étaient beaux nos candides enfants !
La fraîche fleur étoilant la pelouse,
De leur éclat semblait être jalouse ;
Et nous, trouvant en eux notre bonheur,
Nous rendions grâce au divin Créateur !

II

Couple charmant, en les voyant sur terre,
On aurait dit deux anges radieux ;

Mais le Seigneur les reprit à leur mère
Pour les unir à jamais dans les Cieux.

Enfant zélés, au bien toujours alertes,
Compâtissants, leurs mains étaient ouvertes ;
Offrant l'aumône aux faibles indigents,
Ils se faisaient aimer des pauvres gens.
On nous disait : « O femmes bienheureuses !
« Dieu bénira ces âmes généreuses... »
Et nous, trouvant en eux notre bonheur,
Nous rendions grâce au divin Créateur !

III

Couple charmant, en les voyant sur terre,
On aurait dit deux anges radieux ;
Mais le Seigneur les reprit à leur mère
Pour les unir à jamais dans les Cieux.

Leur avenir était pour nous sans voile ;
A l'horizon nous voyions une étoile,
Astre de joie éclairant leurs beaux jours,
Illusion des maternels amours.
Ce doux espoir, cette brillante image
A disparu sous un sombre nuage...
Et nous, devant un si profond malheur,
Nous implorons le divin Créateur !

IV

Couple charmant, en les voyant sur terre,
On aurait dit deux anges radieux ;
Mais le Seigneur les reprit à leur mère
Pour les unir à jamais dans les Cieux.

Vois, maintenant, ma bonne sœur chérie,
Nos chérubins ; vois-les près de Marie,
La Vierge sainte aux sublimes douleurs,
Qui, mère aussi, sait comprendre nos pleurs.
Ils la prîront pour nous et pour leur père
Jusqu'au moment — qui viendra, je l'espère, —
Où, retrouvant un éternel bonheur,
Nous rendrons grâce au divin Créateur.

V

Couple charmant, en les voyant sur terre,
On aurait dit deux anges radieux ;
Mais le Seigneur les reprit à leur mère
Pour les unir à jamais dans les Cieux.

Songeons souvent à ces deux chastes anges
Unis par Dieu dans les pures phalanges.
Comme eux, ma sœur, sans cesse aimons-nous bien ;
Que l'amitié, ce suave lien
Vienne alléger les peines de la vie.
D'une autre, au Ciel, elle sera suivie,
Où retrouvant un éternel bonheur,
Nous rendrons grâce au divin Créateur.

Julie F.

UN ANGE A SA MÈRE.

Tendre mère, ô mère éplorée !
Retrouve ta sérénité ;
Ne pleure plus, mère adorée...
Ton enfant n'a pas tout quitté.

Dans le froid sommeil de l'abîme
Ta douleur me croit descendu :
Ne vois plus en moi de victime...
Pour toi je ne suis pas perdu !

Près de Dieu ma place était prête ;
Tout bas il m'avait appelé,
Et, du monde, où rien ne s'arrête,
Vers Dieu je me suis envolé ;

Envolé, libre de tout lange,
De fin lin vêtu tout entier,
Et soutenu par mon bon ange
Dans un éblouissant sentier.

Partout c'était des clartés vives,
Des murs plus blancs que des toisons,
De radieuses perspectives
Ouvrant sans fin leurs horizons.

Légers, légers, dans notre route,
Nous montions, nous montions toujours ;
Je me disais : « Je vais, sans doute,
Nager dans l'océan des jours... »

Et cette inénarrable course
Nous causait des ravissements...
Mais, hélas! j'y voyais la source
De tes âpres déchirements !

Non, je ne t'ai point délaissée ;
Je t'aime encore, je te voi...
Oh ! ne sens-tu pas ma pensée
Qui se réchauffe autour de toi?

Ne sens-tu pas comme une brise
Qui s'élève du sol jaloux,
Et vers ton oreille surprise
Va murmurant ton nom si doux ?

Ne sens-tu pas que je m'approche
De tes lèvres et de ton front?...
Mère, souris ; plus de reproche :
Des jours futurs nous rejoindront.

Tu viendras dans cette autre vie
Où l'on entre par un réveil,
Où l'on est pur à faire envie,
Où tout est parfums et soleil ;

Et je t'indiquerai la voie,
Mes regards sur les tiens posés,
Comme au temps où, pleine de joie,
Tu me dévorais de baisers.

Et tu verras les allégresses
De ceux qu'on regrette ici-bas ;
Et je te rendrai mes caresses...
O mère ! ne me vois-tu pas ?

La céleste lueur transforme ;
Je suis ton fils, mais agrandi.
On vient là par un pas énorme
Qui laisse un vivant étourdi :

Tous les germes que ta parole
Dans mon cœur aimait à semer,
Ont fleuri pour mon auréole
Que ton esprit m'a su former.

Tiens, de tes leçons maternelles
Le doigt de Dieu fit des bijoux,
Qui, dans les heures éternelles,
Sur ton enfant brilleront tous.

Vous aviez disposé mon âme
Comme un fruit mûri pour l'été ;
Jamais à plus fécond dictame
Jeunes lèvres n'avaient goûté.

Mère, eh bien ! toutes les sagesses
Que ton grand cœur sut m'inspirer,
Le ciel me les rend en largesses...
Pourras-tu bien tout admirer ?

Devant le bonheur où nous sommes,
A tes cils sécheront les pleurs,
Quand tu sauras ce que les hommes
Appellent leurs grandes douleurs !

« La mort!... » dit-on ; et l'œil se mouille,
Et le cœur se brise... — La mort !...
C'est quitter sa triste dépouille ;
C'est se lever plus grand, plus fort !

Sorti de sa prison première,
Où rien ne peut se déployer,
On jaillit comme une lumière ;
Etincelle, on monte au foyer.

Mère, si je pouvais t'apprendre
L'éclat, les splendeurs de nos Cieux,
Je te verrais, pour mieux m'entendre,
De tes deux mains fermer tes yeux,

Et, ne trouvant plus que misère
Sur la rude écorce du sol,
Dans la région qui s'éclaire
Tu voudrais me suivre en mon vol...

Mais reste encore, et prends courage ;
Tu n'es pas seule en ton chemin,
Et pour un double et long voyage,
Une main réclame ta main.

Laisse-toi vivre, ô bonne mère !
Pour ton ami, père isolé ;
Marche avec lui sur cette terre...
A deux on est mieux consolé.

Sois l'ange de votre demeure.
Si les jours vous sont durs, venez :
Le ciel accorde une bonne heure
Aux fronts sur la tombe inclinés...

Mais, simple enfant, je vous convie
Comme si vous ne veniez pas,
Lorsque c'est toute votre vie
D'acheminer vers moi vos pas !

Que de fois, depuis que j'habite
L'une des funèbres cités,
Votre amour a rendu visite
A celui qui vous a... quittés !

Quittés?... Non, quoique votre peine
Veuille en ma mort voir un départ ;
Chez vous j'ai laissé mon haleine,
Si mon corps sommeille autre part.

Quittés ?... lorsque, chaque journée,
Courbant vos reins appesantis,
Vers moi, votre marche est menée...
Vient-on voir ceux qui sont partis ?

Pour qui donc seraient ces couronnes,
Ces frais arbustes, ces buis verts,
Présents fleuris, que tu me donnes,
Et, dont mes restes sont couverts !

C'est bien pour moi, mère, je pense,
Qu'on embellit ce jeune Eden...
Si vous croyiez en mon absence
Me feriez-vous ce beau jardin ?

Non, je suis là. Quand tu soupires,
Ton souffle aimant vient m'effleurer ;
Et, dans l'odeur que tu respires,
Tu pourrais presque m'aspirer.

J'ai vu tomber de tes paupières
Tes larmes sur mon frais gazon,
Entendu monter tes prières
Jusqu'à la céleste maison ;

J'ai senti tes genoux descendre
Jusqu'au tertre où je suis couché ,
Et, pour un bonjour triste et tendre,
Tes lèvres, mère, m'ont touché.

Je suis bon fils, et n'abandonne
Pas ainsi ceux qui m'ont aimé....
Sens-tu pas l'herbe qui frissonne ?
Des fleurs je suis l'air embaumé.

Je suis dans les chastes pétales
De la marguerite des prés,
Dans le buis qu'en croix tu m'étales,
Dans la pensée aux tons pourprés ;

Je suis dans les rameaux flexibles
Des jeunes cyprès, mes gardiens,
Dans les parcelles si paisibles
De mes arômes quotidiens ;

Je suis dans la brise qui passe,
Et dans le lumineux rayon
Qui brille, en traversant l'espace,
Pour rendre plus gai mon sillon ;

Je suis dans les blanches statues
Des doux anges priant sur moi...
Bonne mère, et tu t'évertues
A me croire si loin de toi ?

A vos élans toujours sensible,
Sous un voile, qu'on blâme à tort,
J'ai bien cessé d'être visible...
Mais je n'ai point fui dans la mort.

Je reste en vous, je vous pénètre ;
Je vis entier dans votre amour...
Bien mieux, la mort m'a fait renaître...
Je vous plaindrais presque à mon tour.

Calmez, calmez votre torture ;
Le désespoir est infernal...
Pourquoi, pourquoi la peine dure,
Bonne mère, où n'est point le mal ?

Je suis à l'abri des souffrances
Que le monde prépare à tous,
Et mes naïves espérances
N'ont point subi de rudes coups.

Peut-être que la destinée,
Injuste pour les esprits droits,
Guettait ma vie infortunée
Pour l'éteindre sous des jours froids !

Peut-être qu'en ce siècle avide,
Ton pauvre fils n'eût pas trouvé
De place pour son cœur candide,
Qui l'eût à tout pas entravé !

Alors, dans l'épineuse voie
Où chacun court à ses penchants,
Le vois-tu devenir la proie
Des iniques et des méchants ?

Le vois-tu, regrettant peut-être,
Aux jours de son adversité,
D'avoir eu, de son père et maître,
L'incorruptible probité ?...

Loin de là !... Pensée odieuse,
Ferme ta sombre profondeur !...
J'ai, sous la voûte radieuse,
Remporté blanche ma candeur.

J'ai monté, drapé dans mes voiles,
Vers le Dieu des mères conduit,
Pour luire en une des étoiles
Que tu contemples chaque nuit. —

Et, pour appeler la conquête
A faire sur ton noir chagrin,
Je t'embrasse, en bouquet de fête,
Dans cette épitre au cours serein !

Epitre qu'un moyen étrange
Et gracieux sait t'adresser :
C'est une de mes plumes d'ange
Que j'ai prise pour la tracer.

Tu vois qu'il faut, chère éplorée,
Retrouver ta sérénité :
Ne pleure plus, mère adorée ;...
Ton enfant n'a pas tout quitté !

(Des calmes régions du champ du sommeil)   V. F...
— 21 Mai, 1856, —

ENVOI.

En terminant le mot que je t'écrivais pour ta

fête, j'ai trouvé, bonne mère, à côté de ma page at-
tristée, cette Epitre au ton suave et rasserénant.

Je te l'envoie.

Couvre-la, si tu veux, de baisers et de larmes ;
mais que ta douleur finisse par se rendre à cette naïve
éloquence...

Revois ton fils, et console-toi !

A toi du fond de l'âme.

F Fortiault.

MUSE CRAINTIVE.

Elans de ma pensée, ô vous, mes Vers chéris,
Enfants, fruits de mon cœur, en mon cerveau mûris !
Je n'irai point, pour vous, quêter de porte en porte
Des applaudissements l'enivrante cohorte ;
Je craindrais trop de voir le sourire malin
Se dissimulant mal sous un regard câlin.

Oh ! oui, je le sens bien, amis ; si je vous aime,
C'est qu'en me récitant sans cesse votre thême,
Vous me parlez tout bas du fils que je perdis,
Et portez mes regrets dans son beau paradis.
Messagers de mon âme, allez, loin de ce monde,
Redire au bien-aimé ma tendresse profonde...
Mais, pour l'indifférent, vous êtes sans valeur ;
Car, pour faire vibrer les fibres de son cœur,
Il faut que, dirigés par une plume artiste,
Vos pieds soient rehaussés de perle et d'améthyste ;

Que, guirlande fleurie aux festons gracieux,
Vous charmiez son esprit aussi bien que ses yeux ;
Harpe des sentiments, que votre poésie
Exhale des accents plus doux que l'ambroisie ;
Qu'en contours élégants, largement ciselés,
La strophe se déploie en ses rhythmes ailés ;
Qu'enfin, joignant la forme aux plus nobles pensées,
Les rimes richement se trouvent enlacées...
Moi, je suis impuissante à pailleter vos chants.
Simple comme la fleur qui parfume les champs,
Je dis naïvement les impressions vives
Qui surgissent parfois en mes douleurs plaintives.
Je ne sais, inquiète, alors ce que je veux ;
Je voudrais habiter et la terre et les cieux.
Entre deux êtres chers mon amour se partage ;
L'un est homme ici-bas, l'autre ange au blanc plumage.
Confiant au papier tous mes vagues désirs,
En vos mots inspirés je traduis mes soupirs.

O ma Muse modeste ! à ta douce parole
Je sens naître le calme, et l'espoir me console ;
Personne ne comprend mon chagrin comme toi....
Oh ! reste, mon amie, oh ! reste sous mon toît,
Timidement cachée au fond de ma retraite,
Comme sous son feuillage une humble violette !

Loin du bruit des méchants, les propos indiscrets
Ne viendront point troubler nos entretiens secrets,

Quelquefois, cependant, m'abritant sous tes voiles,
Nous irons voyager à travers les étoiles ;
Tu guideras mon vol sous le dôme infini,
Pour trouver le chemin du royaume béni ;
Au saint foyer d'amour empruntant des parcelles,
Il en rejaillira de chaudes étincelles ;
Nous apprendrons aux Cieux à savoir pardonner,
A pouvoir tout souffrir et ne rien condamner.
Contemplant de bien haut la bassesse des haines,
Nous ne redescendrons que libres de ses chaînes ;
Nous laisserons à Dieu, qui sonde l'univers,
Le droit de tout juger, le juste et le pervers...
La tàche du poète est beaucoup plus facile ;
Il doit savoir aimer jusqu'à l'homme fragile ;
A celui qui faiblit, il doit tendre la main,
Et voir une famille en tout le genre humain.

Cette ardeur vers le beau, ton souffle me l'inspire ;
Je le sens qui m'effleure et subis son empire.
Merci ! fille du Ciel, qui dans l'horizon noir,
Me prêtant ton appui, me montres le devoir !
J'aime à te contempler sous tes longs plis de bure ;
Je t'aime, vierge tendre à l'aile blanche et pure.
Oh ! ne la change pas contre un plumage d'or ;
Car mes yeux ne pourraient te suivre en ton essor :
Seule je resterais pour pleurer sur la terre,
Sans ton sourire aimant qui me dit : « Femme, espère ! »

Julie F.

LES COURONNES.

Allez, souriant, bienheureuses mères,
Couronner vos fils, en ces jours si beaux ;
Moi, je vais, en proie aux peines amères,
Porter ma couronne au champ des tombeaux !

Vos chers écoliers, fiers de leurs conquêtes,
S'en vont, triomphants, aux prix solennels ;
Puis, laissant, joyeux, classes et banquettes,
Viendront se blottir aux nids paternels.
— Mais mon bien-aimé, pour une autre vie,
A quitté la terre, il ne viendra plus
Chez nous s'abriter. Séjour que j'envie,
Tu le vois briller parmi tes élus !

Allez, souriant, bienheureuses mères
Couronner vos fils, en ces jours si beaux ;
Moi, je vais, en proie aux peines amères,
Porter ma couronne au champ des tombeaux !

Le naïf transport des chastes caresses
Dans son vif émoi viendra vous bercer,
En vous entourant de ces flots d'ivresses
Que rien, ici-bas, ne peut remplacer.
— Dans l'onde des pleurs mon regard se noie.
Privée à jamais de ce doux enfant

Qui, sous ses baisers me comblait de joie,
Le regret m'oppresse et mon cœur se fend !

Allez, souriant, bienheureuses mères,
Couronner vos fils, en ces jours si beaux ;
Moi, je vais, en proie aux peines amères,
Porter ma couronne aux champ des tombeaux !

L'éclat de leur voix, notes argentines,
Répandra la vie en votre maison.
Laissez ces ris fous, ces gaités mutines
Déborder leur âme en sa floraison.
— Sous mon triste toît, en vain je l'appelle.
D'un accent plaintif, la voix des douleurs
Pour lui me répond :... « Hélas ! me dit-elle,
Il ne peut descendre essuyer tes pleurs ! »

Allez, souriant, bienheureuses mères,
Couronner vos fils, en ces jours si beaux ;
Moi, je vais, en proie aux peines amères,
Porter ma couronne au champ des tombeaux !

Oh ! prodiguez-leur votre amour si tendre,
Sans fonder d'espoir sur le lendemain.
Au bonheur futur qui donc peut prétendre ?
Le Créateur seul le tient dans sa main.
— Projets maternels, séduisant mirage,
Tout a disparu !... Du noble avenir

Écrit sur son front dès le premier âge,
La mort a tout pris, moins le souvenir !

O mères, allez ; allez , sans alarmes,
Couronner vos fils, en ces jours si beaux...
Puissiez-vous jamais ne verser de larmes
Sur une couronne au champ des tombeaux !

Julie F.

TE REVERRAI-JE ?

O toi , trésor d'amour ! ô toi, tout mon bonheur !
A qui le Seigneur dit : « Ange, ferme ton aile,
» Descends vers cette femme et prodigue à son cœur
» Tous les parfums des cieux... deviens enfant pour elle. »

Pourquoi faut-il, hélas ! que, prenant son essor,
Ton âme m'abandonne aussitôt sur la terre ?
Dis-moi , dans un beau jour te reverrai-je encor ?
Dieu sera-t-il touché des larmes de ta mère ?...

Mais bruis, souffle aimant, doux murmure inconnu,
Echo de ma pensée ou d'une voix chérie.
Dans le recueillement je t'écoute, attendrie ;
Tu réponds à mes vœux ; oh ! sois le bien-venu.

— « Encore une autre année, en ce monde où tout change,
Je devenais un homme et perdais pour toujours
Les célestes vertus et les plumes de l'ange...
Je ne pouvais, ô mère, y prolonger mes jours !

Oui , tu me reverras ; alors, sous mon égide
Je guiderai tes pas aux régions des élus,
Dans ma belle patrie où le calme réside…
Et là, près de ton fils, tu ne pleureras plus ! »

Julie F.

LE RAMEAU DE BUIS.

I

On aime à se nourrir du pain de sa douleur !….

Il est un brin de buis, branchage sans valeur,
Que j'ai mis sous un globe où mon amour le garde,
Qu'à chaque instant du jour et du soir je regarde,
Que je prends, que j'embrasse, auquel même parfois
Je parle avec tendresse ou tremblant de la voix,
Et qui, mieux qu'une tige odorante et fleurie,
Alimente sans fin ma longue rêverie…

Je veux dire pourquoi devant ce rameau vert
Pleurent mes yeux rougis, saigne mon cœur ouvert,

II

C'était le jour joyeux, c'était le beau dimanche
Où chacun monte au temple avec sa verte branche.—
La mère au front pensif, les radieux enfants,
Sous les touffes de buis s'avancent triomphants ;
De l'Église en prière, ils emplissent l'enceinte ;
Puis, quand la main du prêtre a fait voler l'eau sainte,

Tous ces fervents chrétiens, on les voit revenir
Tenant le vert rameau qu'on vient de leur bénir,
Et que, dans leur croyance aux choses merveilleuses,
Ils vont, l'assimilant aux reliques pieuses,
Pendre au front de l'alcôve, à la place d'honneur,
Pour protéger le toît et lui porter bonheur. —

C'était ce joyeux jour. La mère, indisposée,
Un peu plus tard au lit s'était, las ! reposée ;
Le père, qui toujours la veille, à son chevet,
Cherchant à mitiger la douleur qu'elle avait,
Allait, venait, causait, trouvant parfois à dire
De ces mots consolants qui la faisaient sourire...

Aucun d'eux n'avait donc, quoiqu'il en fût jaloux,
Pu, ce matin, aller au pieux rendez-vous.
Comme un réduit privé du rayon qui l'éclaire,
La couche allait manquer de branche tutélaire,
Et les jours de malheur et de sombre horizon
Allaient pouvoir s'abattre au seuil de la maison !...
Oh ! comment conjurer cette chance funeste ?

— « Hélas ! résignons-nous, et Dieu fera le reste ! »
Disent-ils tristement, — quand voilà tout-à-coup
Qu'un doigt heurte à la porte et frappe un petit coup...
Vous l'avez tous senti, dans la peine ou la joie,
Le fluide amical que ce signal envoie,
Le plaisir qui vous vient lorsque l'oreille entend

Frapper au seuil le doigt de celui qu'on attend....
— « Ami, s'écrie alors la mère, vois donc l'heure.
« Serait-ce pas l'enfant gagnant notre demeure ?...»
Et d'un bonheur si grand son cœur a tressailli,
D'un rouge si vital son front est assailli,
Qu'en elle on ne voit plus la femme défaillante :
— « C'est lui ! » dit-elle encore. Et la voilà, vaillante,
Qui se lève, pendant que le père, empressé,
Court ouvrir à l'enfant, — qu'on a vîte embrassé,
Et qui dit, du pallier : — «Vous allez bien, j'espère ? »

L'enfant s'en revenait de chez son autre père, —
Ce père, moins aimé que celui qu'on chérit,
Qui donne cependant la pâture à l'esprit,
Mais qu'un pauvre écolier voit toujours comme un maître.—
Lui, trop mûr pour son âge et trop songeur, peut-être,
Aimant son professeur autant qu'on peut l'aimer,
Sous le toît de famille accourait s'enfermer.

C'était si bon pour lui de revivre en son gîte,
Que tout ce qui se passe en la rue et s'agite
Avec des airs rieurs et des bruits caressants,
Jetait, pour l'attirer, des appels impuissants :
Il ne convoitait plus courses ni promenades,
Demandait rarement à voir ses camarades,
Et, s'attablant, prenait un volume au rayon,
Ou pour un dessin noir aiguisait son crayon.

Parlait-on de sortir, il ouvrait la fenêtre,
Et, d'un ton décidé, d'un air de s'y connaître :
— « Il va faire vilain , disait-il ; restons-nous ?
« J'ai si peu de moments pour m'abriter chez vous !...
Et nous restions, heureux d'avoir une journée
A jouir de son âme ouverte, abandonnée,
Heureux de son bonheur lorsque le cher petit
Dans le nid paternel se retrouvait blotti.

Il avait donc fait route en toute diligence,
Mon soldat du savoir et de l'intelligence ;
Reins serrés, droit, col ferme, et képi sur le front,
Il avait pris son vol de son pas le plus prompt,
Et, les yeux rayonnants, le sourire à la lèvre,
Laissant ses compagnons faire leurs bonds de chèvre
Ou flâner aux trottoirs, — il était accouru,
Trouvant long le chemin si vîte parcouru :

— «Vous allez bien, j'espère ?...» Et, là, sans qu'il attende,
La plus courte réponse à sa vive demande,
L'enfant au tendre cœur de joie est transporté,
Car au cou maternel il a déjà sauté. —
Qu'ils sont bons, ces baisers de toutes les semaines !
Et comme l'on voudrait s'en donner par centaines !
Aussi, voyez : les yeux de la mère ont souri ;
Tout est joie en son âme... et son mal est guéri.
Être mère est parfois un puissant privilège,
Puisqu'un baiser d'enfant vous calme et vous allège.

Après ces doux élans, — que le père, joyeux,
Contemplait en silence, afin de les voir mieux, —
Notre jeune écolier plus gravement se pose :

— « Mère, dit-il alors, pour toi j'ai quelque chose.»

Et, de ses mains ouvrant les plis de son manteau :
— « Quelque chose de bon, reprend-il..

                             — « Un gâteau ? »
Interrompt en riant le papa qui plaisante...

— « Non, non, père; voilà ce que je vous présente,
Un rameau qui, dit-on, veille sur le destin ;
Une branche de buis, qu'en sortant, ce matin,
Contre mon dernier sou j'eus d'une pauvre femme,
Et que j'ai fait bénir. Tout à l'heure, une dame
Voulait me l'acheter ; mais je n'ai point voulu.
N'est-ce pas ?... quelque part vous devez l'avoir lu,
Ces rameaux qu'à l'église a touchés l'eau bénite
Sont les gardiens amis du réduit qu'on habite?
Et, comme je vous aime, et beaucoup, tous les deux,
J'apporte un talisman qui doit vous rendre heureux.»

Et la tige du buis, qu'un souffle aimant arrose,
Dans les mains de la mère aussitôt se dépose.

Là, je ne dis plus rien, et je laisse à penser
De quelle ardeur chacun se prit à l'embrasser.

Le rameau bien-venu fut acclamé sur l'heure ;

On l'appendit au mur propice en la demeure,
Au-dessus du beau front penché d'un Christ mourant,
Et des deux chers époux, quand l'un était souffrant,
Afin que sa douleur au moins ne fût accrue,
Vers le buis protecteur il élevait sa vue...

.   .   .   .

.   .   .   .

Maintenant, pour montrer que l'enfant eut raison,
O branche! vas-tu bien protéger la maison?...

III

Un matin, sur un seuil voilant son ouverture,
Les passants remarquaient la funèbre tenture.
La blancheur de l'étoffe était le triste accent
Qui leur disait la mort d'un vierge adolescent.
Chacun se découvrait. Les uns, pressés, sans doute,
Ne jetaient qu'un regard et poursuivaient leur route;
Mais d'autres, plus pieux, peut-être plus touchés,
Du cercueil, pas à pas, se trouvaient rapprochés,
S'arrêtaient, tout pensifs, et, sondant cette perte
D'un bouton, frais hier, qu'attend sa fosse ouverte,
Voyant comment se brise un avenir rêvé,
Abaissaient leur genou sur l'humide pavé,
Plaignaient, pour les parents, la jeune flamme éteinte,
Et, prenant le rameau qui tremblait dans l'eau sainte,
Émus, sans le vouloir, mêlaient un pleur brûlant
Aux larmes que le buis jetait sur le drap blanc.

Tant que le corps fut là, les passants s'arrêtèrent ;
Ils prièrent toujours, et toujours ils jetèrent
L'eau dont l'église a fait un mystique parfum ,
En agitant le buis sur le tendre défunt.
C'était, ce matin-là, deux tiers de mois à peine
Après la matinée où, joyeux, hors d'haleine,
Notre jeune écolier, pour préserver des maux,
Apportait son tribut du saint jour des rameaux...
Trois semaines plus tard !... Oh ! quand j'y songe encore,
Je sens comme une dent de feu qui me dévore !...
Trois semaines plus tard !... Et c'est le même seuil
Que franchissait l'enfant, qui l'expose au cercueil !!
Car c'est lui, Dieu du Ciel ! c'est cet enfant lui-même,
Cet enfant qui venait comme on vient quand on aime,
Qui, semblable à l'oiseau, gagnait son nid, tenant
Son branchage à la main , c'est lui qui, maintenant,
L'œil voilé, le corps froid, étendu dans sa bière,
Aux passants attristés inspire une prière,
Et reçoit, chaste mort au blanc linceul uni,
Son lugubre baptême avec son buis béni !!!...

On avait arraché, pendant l'heure fatale,
Les parents foudroyés de la poignante salle
Où, sur cinq nuits d'angoisse, ils n'avaient pas dormi.
Pour eux s'était ouvert un doux foyer d'ami.
Auprès du cher défunt se préparait la veille,
Et la femme qui prie aux chevets froids, — merveille !

Pour les aspersions n'ayant rien de plus beau,
Du front pâle du Christ avait pris ce rameau.

Charme de notre asile, ô ma douce colombe !
Je ne puis te parler qu'à travers une tombe !
A cheminer sans toi, las! me voilà contraint!...
La tristesse me courbe et la douleur m'étreint.

Quoi! quand tu l'apportais, dans ta course rapide,
Ce beau buis verdoyant devant servir d'égide ;
Quand, comme un talisman, le long de ton chemin,
Tu le faisais, tout fier, ondoyer dans ta main ,
Symbole promettant une longue carrière,
Fallait-il donc, en lui, voir la faux meurtrière ?
L'accueillir, en joignant l'invective à son nom ?
Le rejeter au loin, et le maudire ?... Non !
Non, cher ange envolé ! Malgré la peine dure
Que je souffre devant ce fragment de verdure,
De ses feuilles mes yeux ne s'ôteront jamais...
Je ne veux voir en lui que le rameau de paix :
De paix, pour toi d'abord sorti d'un globe immonde,
Radieux chérubin heureux dans l'autre monde,
Puis pour nous, qui, laissant toujours sous l'abri sûr
Ce legs que tu nous fis, ce don d'un cœur si pur,
L'un à l'autre, ici-bas, rendrons un peu courage
Jusqu'au jour où, sentant nos fronts pris dans l'orage,
D'un long sommeil, plus long que le sommeil du soir,
Nous nous endormirons... pour aller te revoir!

IV.

Si, contemplant ce buis, je laisse passer l'heure;
Si je reste pensif et sombre; si je pleure;
Si parfois, m'oubliant, las d'être et de souffrir,
Désireux de mon fils, je demande à mourir,
Me disant que la mort saura bien me le rendre, —
O vous qui m'aurez lu, vous pourrez me comprendre;
Vous comprendrez aussi que mes soins, chaque jour,
Entourent l'objet saint d'un vrai culte d'amour :
Un léger mouvement en rompt-il une feuille,
Ma main court au débris qu'aussitôt je recueille;
Quand je vois sa couleur se ronger, se ternir,
Je le plains, et voudrais l'empêcher de jaunir;
A le garder toujours mon étude s'applique...
De l'enfant pris par Dieu c'est la sainte relique !!!...

. . . .

. . . .

Voilà, voilà pourquoi devant ce rameau vert
Pleurent mes yeux rougis, saigne mon cœur ouvert!

F. Fertiault.

LE NID DÉSERTÉ.

I.

Gentilles hirondelles, vous êtes donc parties!...
Ma demeure était triste, plus tristes encore étaient
mes pensées. Le Ciel m'avait enlevé le rayon qui
pour moi éclairait l'avenir. Pauvre mère, j'avais le

cœur brisé, j'étais anéantie par la douleur et ne pouvais espérer un allègement. Un jour, j'aperçus votre frêle berceau suspendu près des airs, et soigneusement abrité des orages. Mon regard se dirigea instinctivement de votre côté, et mon âme sortit de sa torpeur. J'éprouvai un attrait ineffable à épier vos mœurs et votre développement. C'est ainsi que, minute par minute, mignonnes et gracieuses créatures, à vous je m'étais attachée...—Mais, hélas ! ainsi que mon ange s'est envolé de son nid, enfants ailés, vous avez déserté le vôtre !

II

Gentilles hirondelles, vous êtes donc parties !... Oh ! que j'aimais à voir votre intéressante famille, heureuse par la tendresse que Dieu vous a donnée ; les petits se blottir sous l'aile maternelle, qui se déployait avec amour pour les protéger ; puis, cette bonne et vigilante mère, allant avec le père chercher la pâture et l'apportant dans le bec de leurs chers nourrissons, qui, par un gai ramage, accueillaient leur retour ! Comme j'étais émue et captivée par cette mutuelle affection ! comme j'aurais désiré vous voir rester près de moi !... — Mais, hélas ! ainsi que mon ange s'est envolé de son nid, enfants ailés, vous avez déserté le vôtre !

III

Gentilles hirondelles, vous êtes donc parties !...
Déjà les arbres se dépouillent de leur feuillée om-
breuse ; le brillant papillon rend son corps à la terre ;
adieu les fleurs aux pétales variés, aux couleurs
fraîches et éclatantes ! l'hiver va venir, son manteau
blanc va envelopper nos toîts, et vous, charmants
gazouilleurs, qui redoutez le froid et voulez toujours
voir la nature en fête, aidés de vos ailes agiles, dans
des contrées que le soleil dore, vous vous êtes réfu-
giés. Plus tard, lorsque chez nous le printemps bienfaisant reviendra faire éclore les bourgeons verts,
petits oiseaux, vous reviendrez aussi... — Mais,
hélas ! l'ange qui de son nid s'est envolé, en ce
monde jamais ne reparaîtra ! !...

Julie F.

SES DOUX YEUX.

I

Petit myosotis, au bord du frais ruisseau,
Tu te penches, coquet, pour te mirer dans l'eau ;
Tu sèmes le gazon de turquoises fleuries.
Le léger papillon, volant dans les prairies,
Se souvient de la fleur qui lui dit : « Aime-moi. »
Sur tes pétales bleus, le cœur tout en émoi,
Il vient se reposer. La devise touchante
De ta corolle simple et mignonne l'enchante ;

Près d'elle, son amie, il vit, il est heureux;
Mais, perle de la rive, ornement de ces lieux,
Les doux yeux de mon fils, où je lisais : « Je t'aime, »
Éclipsaient ta couleur, rappelaient ton emblème.

II

Étoiles qui brillez dans l'espace infini,
Mêlez vos mille feux à l'azur rembruni,
Formez à notre terre une voûte émaillée;
Dardez vos blancs rayons sur l'épaisse feuillée;
Noyez-la sous les flots d'une molle clarté
Qui donne à ses rameaux un reflet argenté.
Scintillantes lueurs, ainsi je vous contemple
Par une belle nuit.... oui, voilà bien le temple
Où l'homme agenouillé peut adorer son Dieu !
Mais, diamants du Ciel, parure de ce lieu,
Les doux yeux de mon fils, où je lisais : «Je t'aime,»
Éclipsaient toute ardeur et la vôtre elle-même.

III

Glorieux séraphins, beaux habitants des Cieux,
De la mère du Christ cortége gracieux,
Vous qui l'environnez de vos chastes phalanges,
Vous qui chantez en chœur ses sublimes louanges
Dans un cantique ardent, inspiré tour à tour
Par l'admiration, le respect et l'amour,
Votre tendre regard contemple sa figure
Où vient se refléter cette bonté si pure

Pour tous les affligés pleine d'un chaste feu ;
Mais, célestes enfants, chantres de ce saint lieu ,
Les doux yeux de mon fils, où je lisais : « Je t'aime, »
Surpassaient en amour ceux des séraphins même.

Julie F.

DANS LE CIMETIÈRE,

A UN OISEAU.

En la cité des pleurs, je vais, triste et songeuse,
Et de mes yeux baissés une larme pieuse
S'épanche doucement. Mais toi , perlant tes sons,
Tu jettes aux passants tes naïves chansons.
Serait-ce par pitié que tu tiens ce langage ?
Crois-tu nous consoler par ton coquet ramage ?
Comment peux-tu chanter sur les cyprès des morts?...
Je comprends : tes petits écoutent tes accords ;
En retournant vers eux tu trouves leurs caresses,
Et tu rends grâce à Dieu de toutes ses largesses.
Moi, quand je vais rentrer sous le toît qui m'est cher,
Je n'y retrouverai que le regret amer
D'un fils qui ne vient plus animer ma demeure..
Ce souvenir poignant me déchire à toute heure !

Pour lui, qui chérissait ton chant, petit oiseau,
Oh ! viens, en sa mémoire égayer son tombeau.
Vers le Ciel montera ta voix reconnaissante ;
Elle ira jusqu'à lui charmer son âme aimante ;

Je prîrai pour que Dieu , bienveillant protecteur,
Détourne de ton nid l'épervier destructeur :
« — O Seigneur! lui dirai-je, épargne sa couvée;
» Qu'à sa vive tendresse elle soit conservée ;
» Que, la voyant toujours et s'ébattre et grandir ,
» Il se sente revivre ainsi dans l'avenir ! »

Mais viens sur son gazon chanter tes doux mystères ;
Ma main y semera le grain que tu préfères ;
Le saule aux longs rameaux, jusqu'à terre pendant,
Abritera ton corps d'un soleil trop ardent,
Et les plus fraîches fleurs s'entrouvrant sur leurs branches,
Épandront les parfums de leurs corolles blanches.
Dans tes gazouillements, chanteur ailé, dis-lui
Ce que souffre sa mère, ici , sans son appui ;
Car de lui séparée, à son amour ravie,
Ma vie est une mort, la mort serait ma vie.
Mais rassure pourtant ce cœur trop soucieux ;
Dis-lui que je me calme en le voyant aux Cieux ,
Entouré d'une joie inconnue en ce monde...
Songeant à son bonheur, ma peine est moins profonde.

Pour lui, qui chérissait ton chant, petit oiseau,
Oh ! viens, en sa mémoire, égayer son tombeau.
Vers le Ciel montera ta voix reconnaissante;
Elle ira jusqu'à lui charmer son âme aimante.

Julie F.

EGOISTE DOULEUR.

Que de fois, l'œil brûlant, le front appesanti,
Voyant l'enfant mourir et l'ange ouvrir son aile,
Je retourne en mon cœur ma douleur paternelle,
Et, sans fin, me répète, hélas! — « Il est parti!

» Son souffle caressant, si tendrement senti,
» L'étincelle d'amour que couvait sa prunelle,
» Sont à jamais éteints en la nuit éternelle...
» Voilà notre bonheur dans la tombe englouti!!... »

Et chaque heure me brise à ces rudes étreintes;
Je sens d'un doigt de feu les fatales empreintes...
Pourquoi d'un tel chagrin suivre si loin le cours?

L'égoïsme se mêle aux larmes les plus saintes :
—Toi, qui pour le Ciel clair laissas tes sombres jours,
Nous te savons heureux... et nous pleurons toujours!

F. Fertiault.

J'AI TOUJOURS MON ENFANT.

Comment, le front courbé sur le tertre des morts,
Ai-je pu dire : « O Dieu! je ne suis donc plus mère?»
Pardonne, cher enfant, c'est qu'une larme amère
Me voilait ta belle âme en tombant sur ton corps.

Ce tourment de l'enfer, cette sombre pensée
Qui ravit à l'espoir son trésor le plus beau,
Lui montrant le néant dans un muet tombeau,
Ami, mon cœur chrétien l'a vîte repoussée.

Mes yeux se sont levés vers le Seigneur clément ;
Tout mon être a frémi d'une vive espérance,
Ainsi qu'au premier jour où ta naïve enfance,
En me tendant les bras, bégaya tendrement.

Le Ciel s'est entr'ouvert. Sa suave harmonie
Dans l'air s'est répandue et m'a porté ta voix ;
Oui, cette voix aimée a résonné trois fois
Pour prononcer mon nom sous la voûte infinie.

Et moi, d'émotion et d'amour étouffant,
Je me suis écriée : — « Est-ce toi qui m'appelles ?... »
Mais rien n'a répondu qu'un doux frôlement d'ailes...
Cependant, j'ai compris... j'ai toujours mon enfant !

Julie F.

LA MOUCHE.

SIMPLE HISTOIRE.

Aux Enfants.

Lisez, mes chers amis ; c'est une simple histoire
Dont mon cœur maternel conserve la mémoire.

C'était un de ces jours dont nous étions jaloux,
Jours portant sous mon toît ses moments les plus doux.
Que le soleil joyeux brillantât le feuillage,
Ou que, triste et voilé sous un épais nuage,
Il nous cachât son orbe aux rayons lumineux,

Ma demeure était gaie, et nous étions heureux ;
Car l'amour d'un enfant, sous sa candide flamme,
Venait remplir ma vie et réchauffer mon âme.
Assis près du foyer, nous devisions tous trois,
Et nous étions alors plus riches que des rois.

Or, le jour dont je parle, un de ces bons dimanches
Où l'écolier lassé vient prendre ses revanches,
Il était là , mon fils, chantant comme un pinson ,
Prenant de nos baisers sa plus ample moisson.
Un brouillard froid tombait en gouttelettes fines,
Mouchetant les carreaux de perles cristallines.
Lui, désireux toujours de rester près de nous,
Contre ce temps brumeux n'était point en courroux.
Soulevant le rideau, dont la gaze plissée
Opposait un obstacle au vol de sa pensée,
Il restait attentif, le regard captivé
Par l'oiseau qui s'enfuit en rasant le pavé ;
Il priait le Seigneur d'aider son aile agile,
Car il savait qu'au nid , dans ce berceau fragile,
L'attendaient ses petits que l'eau refroidissait.

C'est ainsi que son cœur à tout s'intéressait.

Une mouche hardie imprudemment se place
Sur son front découvert. De sa main il la chasse ;
Mais l'intrépide part, voltige, puis revient.
L'enfant, importuné, l'attrape et la retient

I   6

Avec précaution par le bout de son aile :
— « Que ferai-je de toi, lui dit-il, ô ma belle ?
» Je puis t'ôter la vie, ou bien la liberté......
» Mais non, je n'aurai point autant de cruauté.
» Si, comme les oiseaux, tu cherches la pâture
» Pour tes chers nourrissons, va faire ta capture ;
» Je ne veux pas ici longtemps te retenir ;
» Vole vite vers eux.... tes craintes vont finir.
« Retourne, bonne mère, auprès de ta famille ;.
» Mais, pour une autre fois, crois-moi, sois plus gentille. ».

Et l'imprudente bête a repris son essor.

Nous, nous restions émus devant notre trésor.
Un souris bienveillant effleurait notre bouche
Pendant qu'il prononçait ce discours à la mouche,
Ce discours généreux, faisant bien plus d'honneur
Au naturel aimant qu'au savoir de l'auteur.

Il était à cet âge où la simple innocence
Laisse parler son cœur, n'ayant point connaissance
De ces livres savants que pour l'homme plus mûr
Écrivirent Geoffroy, Bonnet ou Réaumur.
Il voulait voir la mouche, ainsi que l'hirondelle,
Élever sa couvée et rester auprès d'elle,
Lui prodiguer ses soins, sa tendre activité,
Et jouir du bonheur de la maternité.
Tandis que cet insecte (hélas ! la pauvre mère !)

Ne couve pas ses œufs, rend son corps à la terre
Avant qu'ils soient éclos. Mais, charmante candeur!
Combien je t'ai bénie en ta sublime erreur,
Qui d'un fils adoré dévoilait la tendresse,
Et nous montrait son âme en toute sa noblesse !

— O toi, Seigneur ! Dieu tout-puissant,
Toi, le maître de la nature,
Seras-tu moins compâtissant
Que cette faible créature ?
Ne me diras-tu pas un jour :
« Vas, ô ma pauvre désolée,
» Et pour toujours sois consolée.....
» Vas, je te rends à son amour ! »

Julie F.

LA SOEUR DE CHARITÉ.

Pour le pauvre malade, étoile d'espérance,
Humble dans sa bonté, vase plein de douceur,
Elle donne son miel, comme la simple fleur,
A notre humanité que ronge la souffrance.

Combien de malheureux lui doivent l'existence !
Assise à leur chevet, elle est leur tendre sœur.
Dévouée, attentive, à la moindre douleur
Son zèle sait trouver une douce allégeance.

C'est qu'elle tient des Cieux cet amour épuré
Qui réchauffe son âme, et ce feu tutélaire
Dans le chemin béni la soutient et l'éclaire.

— Pour calmer la blessure en mon cœur déchiré,
L'ange de charité, la sœur que j'ai choisie,
C'est toi, vierge céleste, ô noble Poésie !

Julie F.

ÉPANOUISSEMENT.

A la Compagne de ma vie.

Pendant des jours obscurs la tige s'est couchée ;
Elle a fait de ces jours une longue saison,
Elaborant l'éclat de sa fleur ébauchée,
Pour la montrer, plus tard, brillante à l'horizon.

Et toi, tu fis ainsi. Sous le voile cachée,
Tout en cueillant les fruits de la saine raison,
Sur un labeur discret tu demeuras penchée,
Préparant l'auréole à notre humble maison.

Et ton front s'illumine et la pensée est mûre ;
Dans ton cerveau rêveur s'éveille un doux murmure...
La Muse aux ailes d'or t'effleure et te sourit.

A côté de mon feu tu fais luire ta flamme :
Depuis longtemps déjà, toi, la sœur de mon âme,
Te voilà maintenant la sœur de mon esprit.

P. Ferrand.

Paris.—Typographie d'Emile Allard, 14, rue d'Enghien.